D1698037

© Carlsen Verlag GmbH · Reinbek bei Hamburg 1977
Deutsch von Gisela Bockamp
UNA FORTUNATA CATASTROFE
Copyright © 1975 by Contact Studio, Milano
Alle deutschen Rechte vorbehalten
4177 · ISBN 3 551 51132 2
Bestellnummer 51132
Printed in Italy

EINE SEGENSREICHE KATASTROPHE

Text und Gestaltung:
Adela Turin
und Nella Bosnia

Reinbeker Kinderbücher
Carlsen Verlag

Vor der Katastrophe lebte Familie Maus in einem bescheidenen Loch zwischen der Küche und der Besenkammer in einem schönen Haus im vornehmsten Viertel der Stadt.

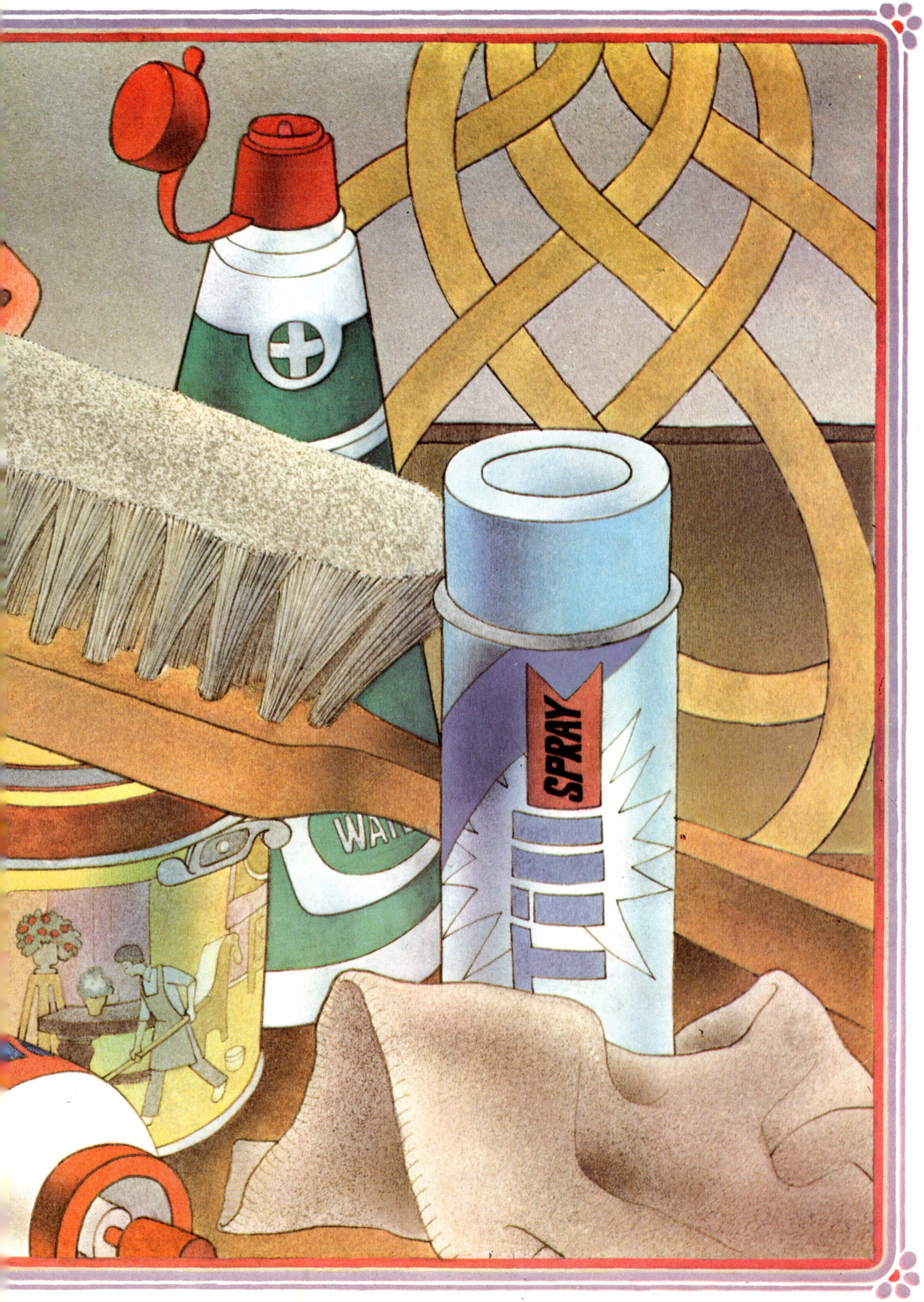
SPRAY

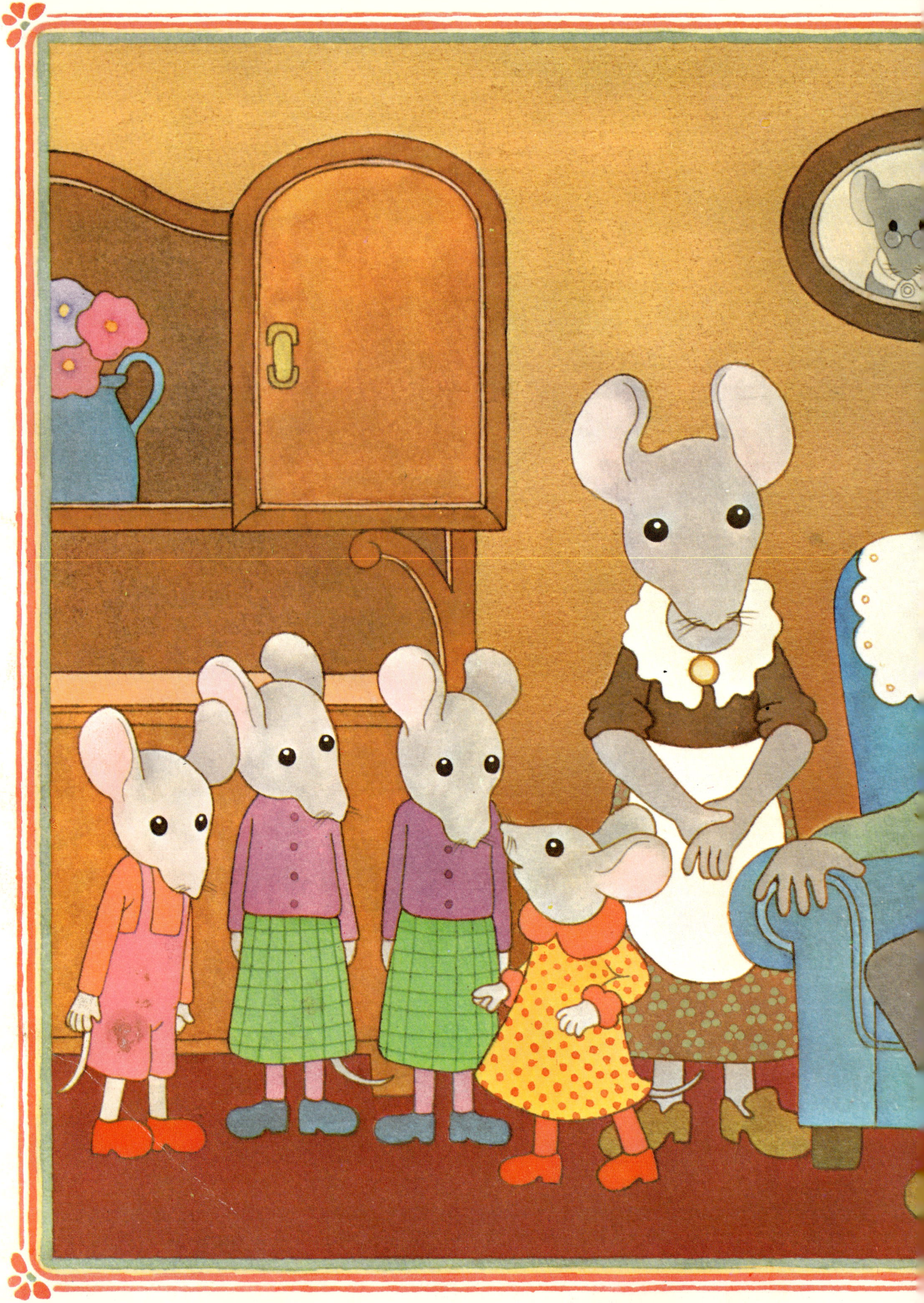

Herr Maus war ein schöner Mann – er war stolz auf seinen gepflegten Schnurrbart und die sonore Stimme. Frau Elise Maus war eine stille kleine Person; sie hielt die Wohnung blitzblank, kochte und sorgte für die Erziehung der acht Kinder. Es waren zwei Jungen – Teddy und Toby – und sechs Mädchen: Nancy, Nora, Nelly, Nicole, Nannette und Nina.

Vor der Katastrophe verlief das Leben bei Familie Maus ziemlich einförmig. Den Höhepunkt des Tages bildete das Abendessen, und Frau Elise brachte den größten Teil des Nachmittags damit zu, es zuzubereiten. Herr Maus war nämlich ein Feinschmecker.

Die Kinder bewunderten seine Lebensart:
wenn er das Essen probierte, den Kopf hob,
gen Himmel schaute und mit Kennermiene sagte:
„Elise, diese Suppe könnte noch
eine Messerspitze gehackte Petersilie
und einen Tropfen Nußöl vertragen."

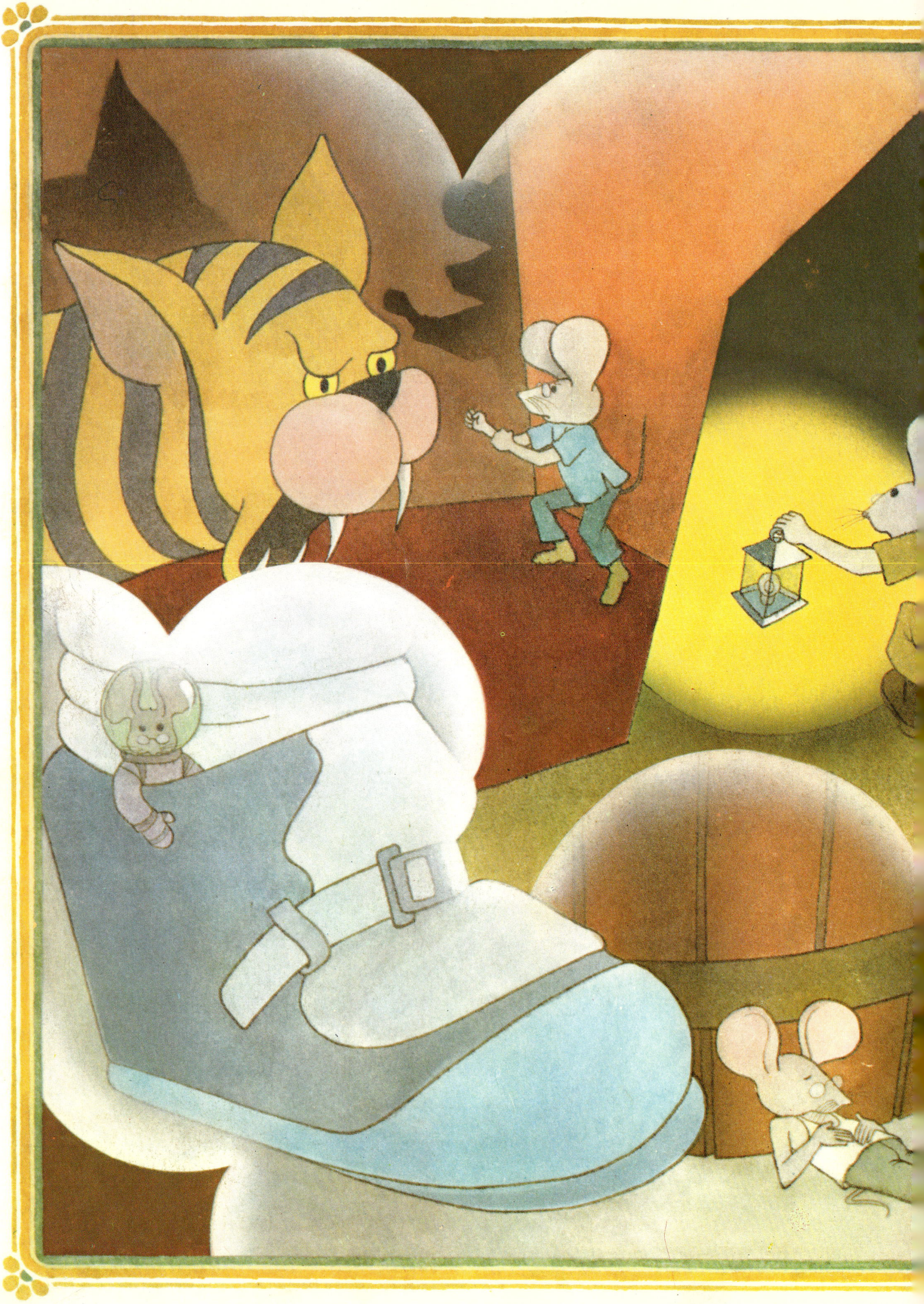

Nach dem Essen erzählte Herr Maus seinen gebannt lauschenden Kindern Abenteuer aus seiner Jugend: er erzählte von ägyptischen Pyramiden, die noch kein Mensch entdeckt hatte und in denen er sich wie zu Hause fühlte; er erzählte von Seeräuberschiffen, in deren Laderäumen er mehrmals um die ganze Welt gefahren war. Und von damals in der Moschee in Istanbul! Und von den ersten Schritten auf dem Mond in Kommandant Armstrongs Stiefel! Und von der Geschichte mit dem Tiger auf der Bühne der Pariser Oper...

Elise Maus mochte diese Geschichten.
Sie kannte sie auch durchaus noch nicht alle
(obwohl es schließlich nicht mehr jeden Tag eine neue gab).
Dennoch begann sie irgendwann, das schmutzige Geschirr
abzuwaschen, und zwar mäuschenstill.

Hätte sie auch nur den Deckel eines Kochtopfes
fallen lassen oder mit den Tellern geklappert,
hätte Herr Maus geduldig eine Pause gemacht,
und die Kinder hätten gerufen:
„Pssst, Mutti, Vati erzählt!"

GESELLSCHAFT
ZUR
KONTROLLE
DER
MAUSEFALLEN

Herr Maus war Ehrenpräsident der GEKOMA
(Gesellschaft zur Kontrolle der Mausefallen).
Die Gekoma war eine Einrichtung der Wohlfahrt.
Sie kaufte nichts, verkaufte nichts,
produzierte nichts, beschäftigte niemanden,
machte keine Gewinne, zahlte keine Steuern
und stellte keine Bilanz auf.
Seit die Wissenschaft nämlich chemische Mittel
gegen die Mäuse einsetzte, wurden Mausefallen
kaum noch benutzt, und es schien immer
schwieriger zu werden, sie zu kontrollieren.

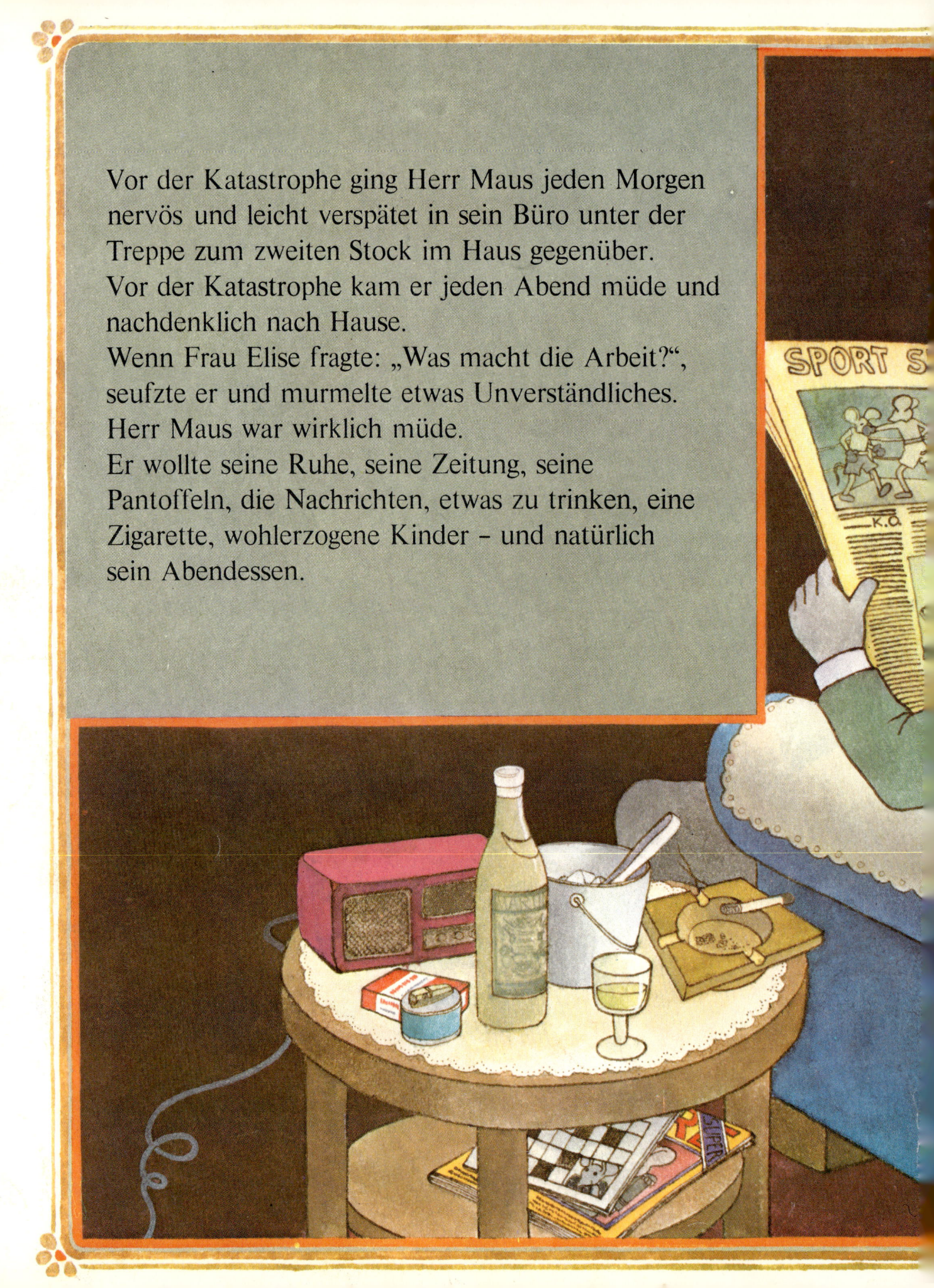

Vor der Katastrophe ging Herr Maus jeden Morgen nervös und leicht verspätet in sein Büro unter der Treppe zum zweiten Stock im Haus gegenüber.
Vor der Katastrophe kam er jeden Abend müde und nachdenklich nach Hause.
Wenn Frau Elise fragte: „Was macht die Arbeit?", seufzte er und murmelte etwas Unverständliches.
Herr Maus war wirklich müde.
Er wollte seine Ruhe, seine Zeitung, seine Pantoffeln, die Nachrichten, etwas zu trinken, eine Zigarette, wohlerzogene Kinder – und natürlich sein Abendessen.

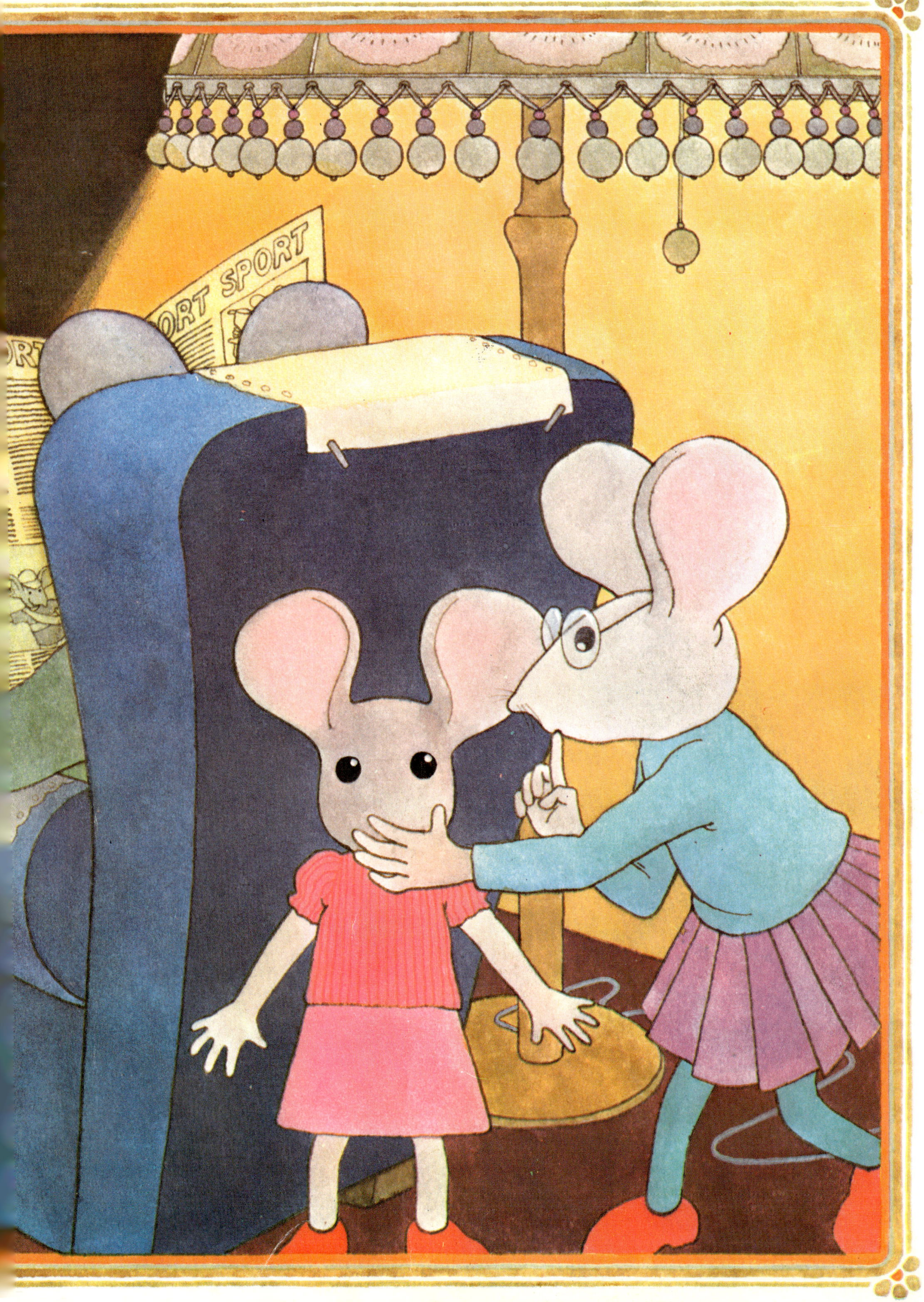
ORT SPORT

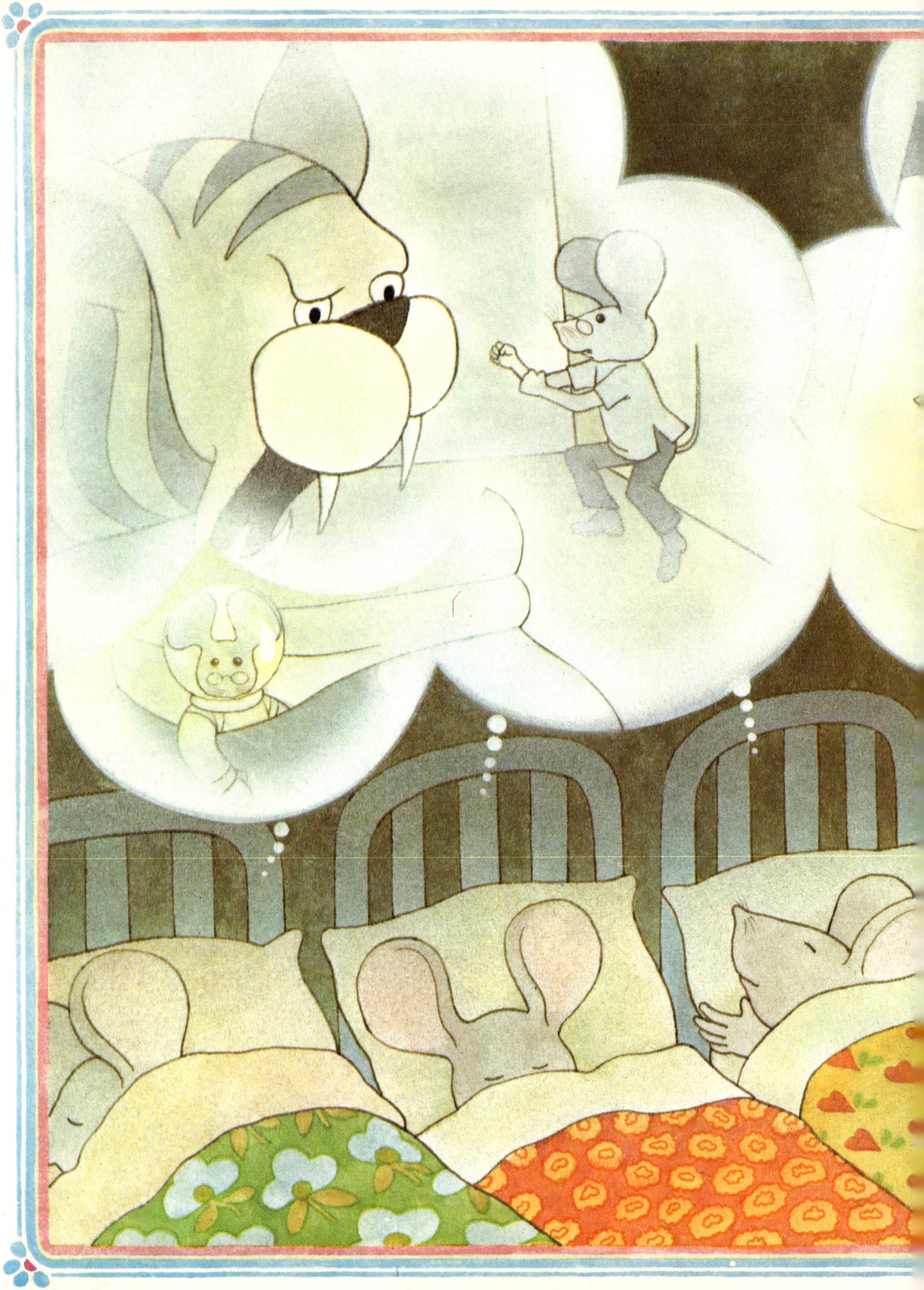

So ruhig verlief das Leben bei Familie Maus.
Die Kinder träumten nachts
von den wunderbaren Abenteuern ihres Vaters,
und beim Einschlafen dachten sie glücklich:
„Unser Vater ist wirklich eine große Maus!"

Dann brach die Katastrophe herein, das Unerwartete, Unvorstellbare: ein Wasserrohrbruch!
Alle Wasser dieser Welt strömten in das Mauseloch!
Im Nu wurde alles von den Fluten fortgeschwemmt.

Sogar der Herd trieb davon!
Panik brach aus: Wo war nur Vati?
Vati war in der Gekoma. Frau Elise
mußte ganz allein ihre acht Kinder retten.

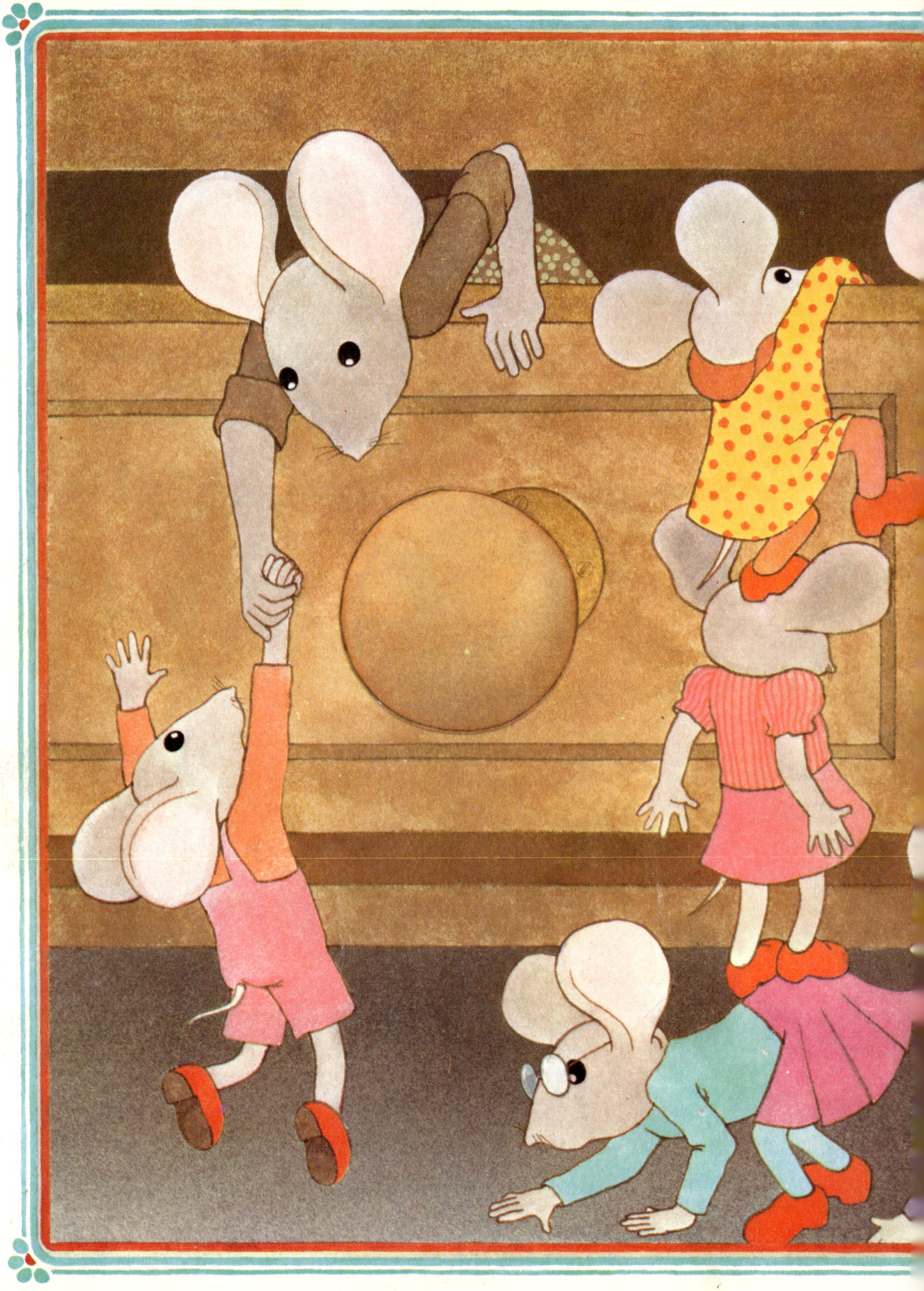

Ein paar Stunden später hatten sie
in der Schublade eines alten Schrankes
auf dem Dachboden eine Zuflucht gefunden.
Noch am gleichen Abend
war eine Schlafstelle notdürftig hergerichtet,
und auf dem Feuer kochte eine Suppe.

An diesem Abend kam Herr Maus sehr spät nach Hause. Er hatte seine Wohnung völlig verwüstet vorgefunden und grün vor Angst nach seinen Lieben gesucht und sie endlich in dem alten Schrank gefunden. Im Topf war noch ein Rest Suppe, und er wärmte ihn sich schweigend auf.
An diesem Abend mußte er auf vieles verzichten: die Zeitung, die Nachrichten, die Pantoffeln ...

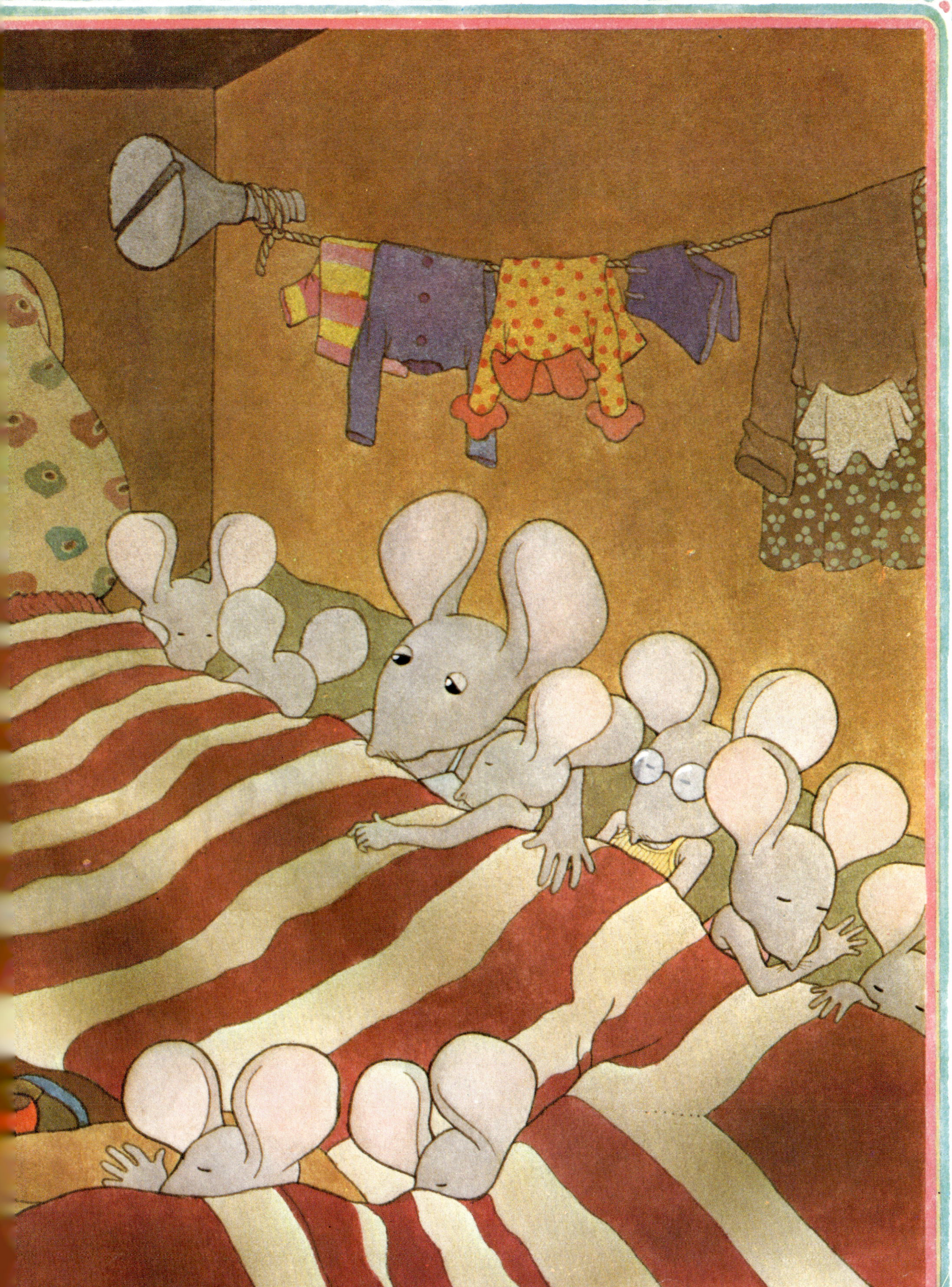

Nach und nach kam wieder Ordnung in das Leben der Familie Maus. Allerdings war im neuen Loch alles ganz anders als im alten.
Frau Elise hatte keine Töpfe und Pfannen, keine Teller und Tassen abzuwaschen.
Sie begann, ihre neue Umgebung zu erforschen, denn sie suchte eine andere Wohnung.
Dabei kamen sie und die Kinder weit herum, ja, sie wagten sich sogar in andere Räume!

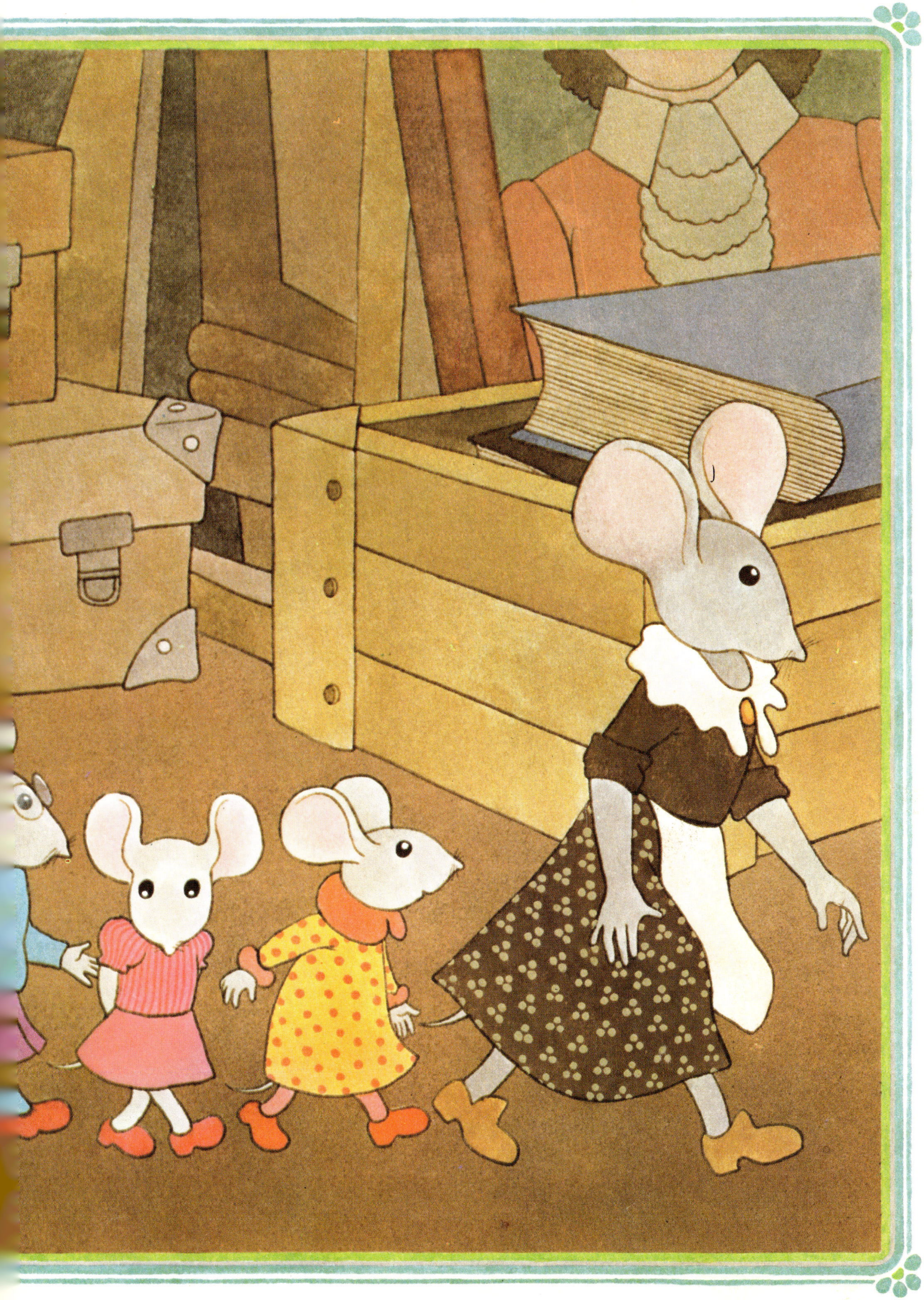

Nach der Katastrophe brachte jeder Tag
neue Abenteuer. Die Mäuse trafen Hunde und Katzen,
sie kletterten in Körbe und Kisten,
sie liefen Treppen hinauf und herunter.
Sie entdeckten alte Briefe und kaputtes Spielzeug,
sie fanden zu essen und zu trinken.
Wenn sie abends in ihre Schublade kletterten, hockten
sie sich alle um die Mutter herum und besprachen mit
glänzenden Augen die Ereignisse des Tages. Das Leben
war ein einziges Vergnügen geworden!

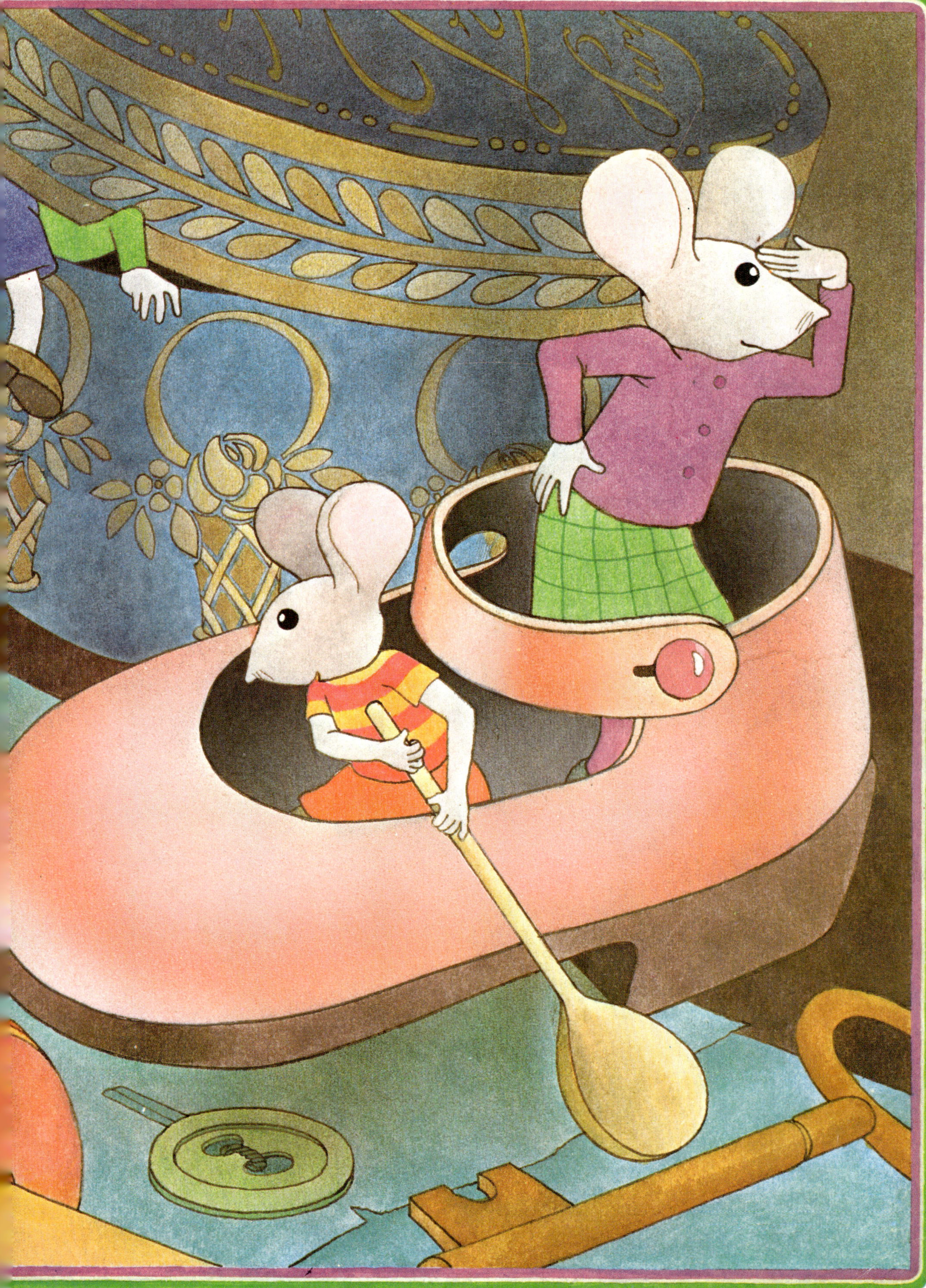

SEVILLA

Von einem ihrer Ausflüge in die Spielzeugkiste
brachten sie eine Gitarre mit.
Frau Maus besorgte gleich das Buch
„Gitarrespielen im Selbstunterricht".
Nach drei Tagen konnten sie und Nancy
auf dem Instrument spielen.
Toby und Teddy entdeckten, daß sie hübsche
Stimmen hatten, und bald hallte die Schublade wider
vom Klang ihrer fröhlichen Lieder.

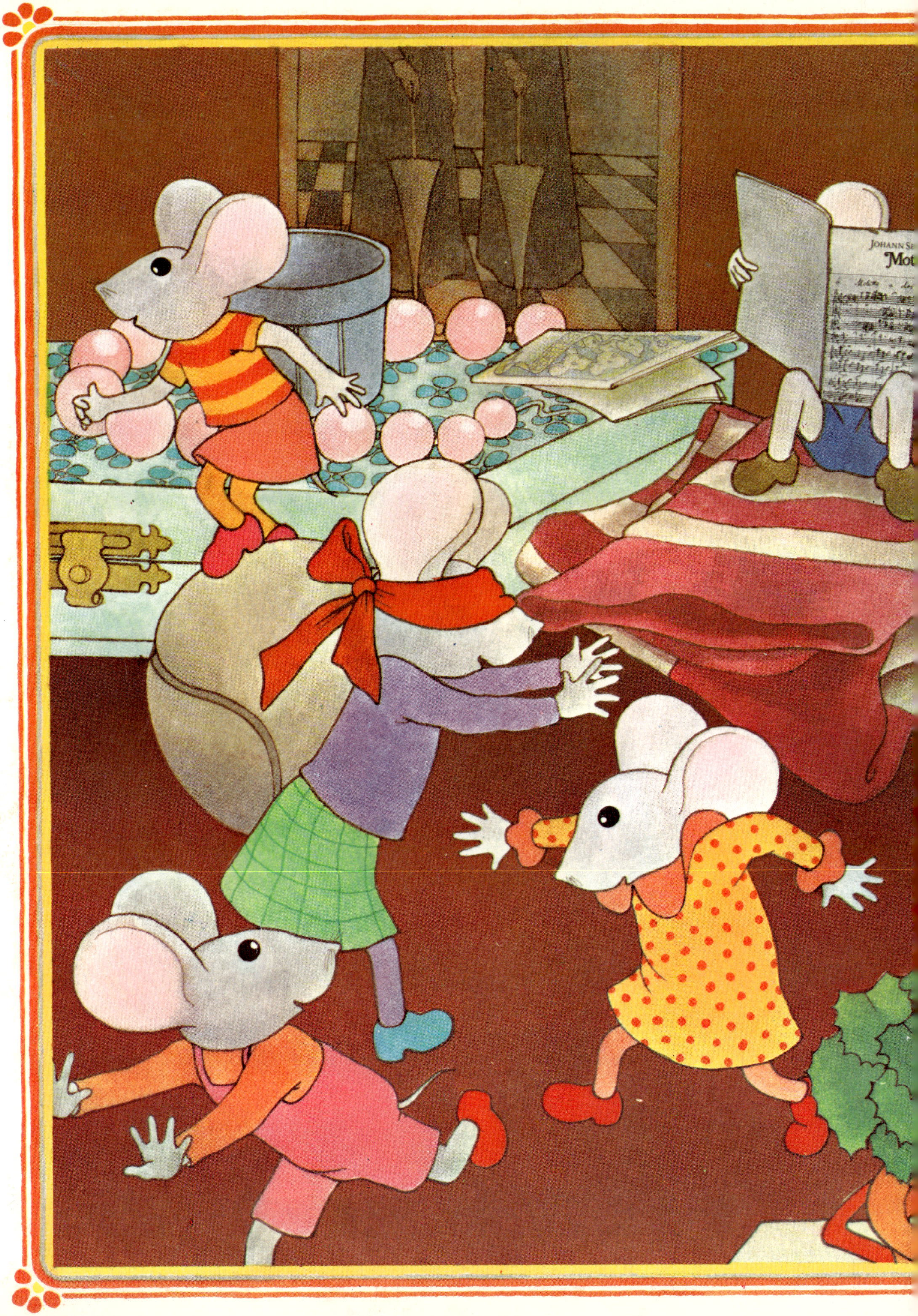

Wenn Herr Maus nun aus seinem Büro nach Hause kam, waren die Kinder so lebhaft und vergnügt, daß er es bald aufgab, sie zur Ruhe zu ermahnen. Er verzichtete auf die Nachrichten, denn das Radio wurde von der Musik übertönt. Seine Pantoffeln waren ohnehin bei der Katastrophe untergegangen. Aber er mochte nicht auf ein schmackhaftes Abendessen verzichten.
So machte er sich selbst ans Werk.

Er probierte und experimentierte und lernte immer
besser kochen. Aber es dauerte lange,
bis seine Suppen so gut schmeckten wie die
von Elise. Als er das endlich erreicht hatte,
war das ein großer Triumph für ihn.
Von da an war es kaum möglich, ihn zu unterbrechen,
wenn er über seine Erfolge am Herd sprach.
Die Kinder schlichen sich fort und flüsterten:
„Jetzt fängt er wieder an mit seinen Geschichten!"